Black-out
White-in

Testimonio De Un Personaje

José Miguel Antoncich Iver

Black-out
White-in
Testimonio De Un Personaje

Agradecimientos:
A mi familia, amigos y compañeros de camino.

Portada
José Miguel Antoncich Iver

Contenido

Prólogo

Cuento narrado en siete actos que relata el drama de un personaje, que tras haber sobrevivido a un largo conflicto existencial de soledad, será testigo del futuro que sufrirá la humanidad a raíz de un Black-out mundial.

Bien podría ser esta una saga de las obras que antes auguraron un oscuro porvenir para las civilzaciones occidentales, pero a diferencia de estas, tras un terrible enfrentamiento, aquí nos atreveremos a culminar siendo optimistas, aventurando una solución que las rescatará gracias a la efectividad del potencial creativo del espíritu humano.

Haremos aqui ficción a cerca de un nuevo proceso histórico, no sin antes haber probado algunos bocadillos de la ambivalente condición que coexiste en cada ser humano, por lo cual nos entregaremos dócilmente a la tentación de someter a las naciones a duros enfrentamientos que las dejarán al borde de su inminente auto extinción. Así, las encausaremos luego hacia una sucesión de hechos que finalmente las salvarán gracias al poder de aquellos pocos individuos capaces de priorizar el trabajo sobre su mundo interno y el desarrollo de su consciencia, como una suerte de mecanismo de selección natural de la especie entre aquellos que se instalarán a si mismos como un aporte a la gran cadena evolutiva, sumándose a las piedras angulares indispensables que armonizarán el magno concierto de la existencia universal, un generoso acto de auto proclamación individual que se corresponderá, según se postula aquí, con intereses concordantes con las leyes superiores que rigen el Cosmos.

El personaje principal de este cuento se proyecta a lo largo del tiempo como el hilo conductor de la historia, pero lo hace sin un nombre propio. Será así porque, según veremos, su caso llegará a ser semejante a la realidad de buena parte de quienes constituimos la formación de las sociedades contemporáneas, razón por la cual nos limitaremos a referirnos a él como: "El personaje".

El autor.

I

Sucede entonces que nuestro personaje, tras haber vivido intensa y felizmente durante los primeros años de su juventud, comienza paulatinamente a tomar consciencia de su progresivo aislamiento, sintiéndose cada vez mas solo en este mundo, constatando que las personas en torno a él comienzan gradualmente a desaparecer de su vida, de que allá afuera, poco a poco, no va quedando nadie. Van desapareciendo sus familiares, sus amigos, sus compañeros de colegio, el almacenero, la gente en las calles, en fin, todos aquellos con los que alguna vez tuvo la posibilidad de llegar a comunicarse: allá afuera ya no hay nadie! Según avanzan los años, se ve en la necesidad de comenzar a inventarse a sus amigos, sus padres, sus hermanos, sus compañeros de curso, a todos aquellos que alguna vez formaron parte de su vida. Solo de si mismo, comienza a crear en su mente la que sería luego su profesión, sus aficiones, sus habilidades y sus capacidades, y mas tarde, a las mujeres con las que vivió un romance o un amor platónico, luego a su esposa y hasta sus hijos, sus éxitos y sus fracasos. Cada día, durante años, viviendo completamente solo, creándose la visión del mundo que lo rodeaba, también fabricándose una visión propia acerca de las noticias que recibe de él, prestando especial cuidado acerca de aquellas versio-nes que coincidieran con su propia visión y desechando de plano las que la contradijeran, pues todo, absolutamente todo, es fruto de una interpre-tación - de su interpretación - llegando al extremo de dejar instalado en torno a si una innumerable serie de férreas barreras entre todo aquello que ya ha cristalizado en su mente y lo que no coincidiera con su manera de explicarse el mundo que lo rodea.

Así pasan raudo los años, y estando ya maduro, con menos fuerzas y avanzado en edad, agotado ya por el tremendo esfuerzo mental que le ha significado durante tantos años el tener que explicarse, justificarse y ajustarse a un mundo lleno de contradicciones y de carencias, de problemas e intereses que han terminado por encasíllar y administrar arbitrariamente y a su antojo la vida de miles de millones de personas, su cuerpo termina colapsando, rápidamente afectado por una grave enfermedad que culmina en aquel estado que la medicina comúnmente cataloga como "muerte clínica", siendo atraído hacia una luz brillante e intensa desde la que surgen las figuras de muchos de sus amigos y parientes que ya habían sido dados por fallecidos. Aun en el limbo y poseído por un estado de iluminación, comprende el significado profundo de la existencia humana, su propio paso por la vida y el sentido de las circunstancias que cada cual debe enfrentar para acceder a sucesivas y progresivas lecciones de vida, condición que le permite optar a una nueva oportunidad en la Tierra, continuando con su vida anterior, dándose cuenta de que aun no es su momento para abandonar este plano de existencia. Desde ahora pasa a sumarse a la larga lista de aquellos beneficiados por uno de esos "milagros" que la medicina aun no ha logrado explicarse. Ya totalmente recuperado, en su interior, ahora liberado de sus miedos, suelta su vieja carga, aquella añosa, débil y gastada cáscara ya transformada en coraza que lo agobiara por tantos años. Comprende ahora buena parte del sentido de su existencia, entendiendo que puede liberarse de la necesidad de tener que estar todo el tiempo tratando de fabricarse una explicación de un mundo que parecía adolecer de sentido, al menos del sentido que él se había construido.

Ahora, dentro de un cuerpo que evidencia la merma de buena parte de sus demandas hormonales, ya liberado de todo aquello que antes determinara biológicamente su necesidad de ir por la vida saciando sus apetitos sexuales, estomacales, las fantasías sobre si mismo, su afán por llegar a ser reconocido y aceptado, o ser importante ante los ojos de los demás, liberado ya completamente de su ego, de tener que escamotear diariamente y en cada minuto de su vida razones que lo mantuvieran a salvo de sus propios temores y deseos, vuelve nuevamente a experimentar la magia que viviera durante esos primeros años de su juventud, sintiendo con renovada frescura la energía de esas emociones, viendo que fueron precisamente esas vivencias, esos recuerdos de si mismo y esas experiencias las que ahora le daban el poder suficiente para parar y mirar por primera vez, de mirarse a si mismo y a la vida allá afuera, de observar a una sociedad aun muy ansiosa por reconocimientos basados en la competencia regida casí exclusivamente por todo aquello exteriorizado en habilidades físicas y mentales, una sociedad que ha abandonado la necesidad de prestar especial atención a su sistema educativo, al desarrollo de las etapas que naturalmente nos permitían reconocer las diferencias básicas entre unos y otros, a aquellas características propias y únicas que distinguían y diferenciaban a cada individuo, sus tendencias y talentos naturales, a las propiedades esenciales que nos distinguían como seres únicos, un hecho especialmente absurdo si se consideraba que cada individuo era como un diamante en bruto que, trabajado de cierta manera y expuesto al sol en un cierto ángulo, podía llegar a proyectar un haz de luz capaz de perforar el acero más resistente. Pero no, en cambio se nos terminaba clasificando, etiquetando y agrupando en grandes lotes destinándonos a tareas estandarizadas, para luego, una vez extraida toda nuestra energía productiva, ser subastados en la Banca según nuestro valor futuro y nuestras expectativas de vida. Él mismo, antes perdido, había tenido que vivir aquel calvario de sucesivas y progresivas cotizaciones de mercado hasta el límite de haber sobrevivido a la muerte y encontrarse frente a la oportunidad dada por aquella suerte de juicio final y esta segunda oportu-nidad.

Ya recuperado de su enfermedad, el personaje paulatinamente va descubriendo que comienza a reaparecer gente real a su alrededor. Primero, escuchando y observando su entorno, descubriendo quienes eran realmente aquellos con los que se había rodeado, su señora y sus hijos con sus respectivas familias, sus amigos, sus colegas y hasta los vecinos, prestándole atención a la gente, aceptándolos a todos, con sus defectos y sus virtudes. Ahora es capaz de ver la realidad y comienza entonces a cobrar sentido el mundo que lo rodea. Ve que cada cual tiene lo que le corresponde tener y que cada cual tiene que enfrentar la vida según las circunstancias que le toca vivir, cada uno frente al desafío de tener que descubrir el verdadero rol que debe desempeñar en la gran obra de la vida real, no aquel guion que arbitrariamente le haya asígnado un determinado programa cultural.

Ahora el prejuicio y la crítica irreflexiva liberan a nuestro personaje de aquel falso personaje que había pretendido ser durante buena parte de su vida y comienza a nacer en él la posibilidad de darse la oportunidad de experimentar la vida que lo rodea en armonía con su propia esencia, aceptándose a si mismo con sus virtudes y defectos y a toda circunstancia externa, con sus atributos y sus imperfecciones. Ahora existe de verdad, vive en paz y es capaz de administrar sus propias decisiones.

El personaje descubre, por ejemplo, la razón del por qué muchos ancianos y muchísimos de aquellos que habían llegado a ser abuelos, ya liberados de buena parte de sus egos, llegaban a encantarse facilmente con los niños o sus propios nietos, reconociendo en esas criaturas a una parte de ellos mismos, siendo capaces de establecer a través de ellas una reconexión con el niño que antes llevaron en su interior, tal como sucedía con aquel fenómeno sonoro llamado *"Resonancia Simpática"*, o como dijo Richard Bach en *"El secreto de la Riqueza Absoluta:*

"Los iguales se atraen. Limítate a ser quien eres: sereno, transparente y brillante. Cuando irradiamos lo que somos, cuando sólo hacemos lo que deseamos hacer, esto aparta automáticamente a quienes nada tienen que aprender de nosotros y atrae a quienes sí tienen algo que aprender y también algo que enseñarnos"

Ahora, esos abuelos, siendo ya adultos mayores, ya liberados de muchos complejos y de su baja autoestima, buscan en sus vidas la calidad, mas que la cantidad, libres ya de la compulsividad movida por culpas inoculadas a golpe de falsos sacrificios y altruimos, se daban la oportunidad de hacer las cosas que tal vez no se atrevieran a hacer durante el período de su adolescencia y adultez, restringidos muchas veces por "el qué dirán" o "el deber ser" demandado por sus círculos sociales.

El personaje descubre también que en el mundo existían muchas personas que también habían sido capaces de vivir liberados de buena parte del peso de sus egos, dueños de si mismos, capaces de manejar y controlar la insaciabilidad de sus apetitos biológicos, y que lejos de pretender dominar dichos apetitos, habían aprendido a convivir con ellos y a adminis-trarlos a través de su voluntad. Liberados del temor a proyectar una imagen distinta a la que el resto de las personas esperarían de ellos, habían optado por permitirse lo que a otros se les había negado tempranamente. Descubre que existían personas que gozaban de una sana autoestima cultivada y estimu-lada desde sus primeros días.

La diferencia entre su vida anterior y esta nueva oportunidad, la ve representada en el ejemplo de los caminos que comunicaban a dos ciudades: uno era el camino viejo, de una pista por lado, ya en mal estado de conservación, por el que se debe avanzar lentamente entre lomajes, subidas y bajadas pronun-ciadas; el otro era el camino nuevo, de dos pistas por lado, bien mantenido, de curvas amplias y trayectos restos que permitían mucho mayor velocidad y menor riesgo. ¿Por qué a algunos les tocaba entonces iniciar su vida en el camino viejo y a otros en el nuevo? Tal vez la respuesta se encontraba al cabo de haber vivido la experiencia de transitar ambos caminos, o a través de una experiencia de despertar tras un largo dolor, como la suya. No obstante lo anterior, nada indicaba que al camino nuevo no le tocara, a su vez, encontrar-se con un camino aún más ancho, más rápido y aún más seguro, o que junto al camino viejo existieran senderos estrechos aún más difíciles de transitar. Pero una cosa era saber de la existencia de los caminos, y la otra haberlos transitado realmente. El personaje tenía presente que aun tenía una tarea pendiente por resolver: averiguar la causa que lo llevara a vivir esa eterna sensación de soledad existencial.

Esta manera de entender y de vivir la vida, para nuestro personaje, sucede por un breve tiempo, antes de que finalmente saliera a su encuentro la muerte. ¿Pero por qué tan pronto y después de haber hecho un camino tan largo, sin antes haber resuelto su tarea pendiente? ¿Por qué una oportunidad tan valiosa para un premio de tan corta duración?, pregunta que comunmente solía hacerse la gente siempre que la dejaba un ser muy querido. Para una experiencia de plenitud, como la descrita aqui, nunca sería suficiente el tiempo que se nos diera para aprovecharla al máximo, de ahí su sensación de brevedad. *"Temprano levantó la muerte el bueno"* decía el dicho, ya que siempre se pedirá a esos *"Buenos"* que permanezcan más tiempo junto a nosotros. Lo mismo con la buena vida.

II

Y pasó un buen día que el personaje de nuestro cuento vuelve a la Tierra, pero no fisicamente, sino que en un plano existencial desde el cual tiene la posibilidad de ser testigo de las acciones de los mortales, y lo hace conservando su consciencia sobre lo aprendido durante los últimos años de su vida pasada, recordando la plenitud experimentada duran-te esos primeros años de su juventud; la sensación vivida durante esos eternos años de absoluta soledad; la "muerte clinica" tras repentina enfermedad; la transformación experimentada tras esa experiencia de iluminación; y luego, ya liberado de sus propias ilusiones, rodeado de personas reales durante esos años de paz y plenitud.

En esta ocasíón acopia conocimiento que atesora en un estado que le permite permanecer energéticamente acompañado de gente real. Ahora deja de vivir la experiencia de ver cómo la gente comenzaba a desaparecer, pero sufre viendo a la gente que, tal como él mismo lo experimentara en su vida anterior, también va entrando paulatinamente en ese mismo estado de soledad inconsciente de su primera vida, pues viven inventándose a si mismos y a quienes los rodeaban. Nuestro personaje sufre porque nada puede hacer para aliviarles ese dolor: arriesgarse a hacerlo lo expone al juicio y a la sanción de seres que gobiernan su existencia desde otra dimensión.

Pere las historias siempre tienen un "pero". En esta ocasíón descubre tambien que, salvo los niños, nadie veía a los demás como realmente eran, que las personas, según se alejaban de aquellos años plenos de temprana juventud, se iban quedando solas, pero sin percatarse de que lo estaban. Ahora este personaje está irremediablemente rodeado de personas que van por la vida inventándose a si mismas y a quienes las rodean. ¡A él mismo, como tambien a aquellos que ya habian partido, también lo estaban recordando e invocando falsamente!

Nuestro personaje, ahora invisible a los ojos de la gente mayor, pero visible sólo para los niños muy pequeños y hasta por los animales, estaba rodeado de quienes terminaban invariablemente, obsecionados con construirse una identidad frente a si mismos y a sus semejantes, imaginando sus vidas a la medida de sus propios paradigmas y fantasías, de sus soledades, de sus temores y sus deseos, de sus propias expectativas, obsesionados en escoger para su vida un nombre, un apodo, una educación, una carrera universitaria, un éxito profesional, una pareja y hasta el diseño ideal de vida para quienes fueran luego sus descendientes.

Sin importar si se había nacido consciente o inconsciente, pensaba el personaje, tras la primera infancia, luego de aprender a hablar, siempre las personas se irían viendo expuestas a transitar por la vida sin darse cuenta acerca de si mismas, en la soledad más absoluta, infelizmente anestesiadas y envueltas en una nube de semi consciencia, siempre procurando colmar sus vidas de sensaciones que les impidieran verse enfrentadas a aceptar esa condición, pues estaban condenadas a vivir vacías de si mismas, y esto sucedería así hasta el día que fuesen capases de desarrollar la capacidad de morir antes de haber muerto y descubrir la esencia de equella energía infantil tempranamente abandonada luego de sus primeros años de vida.

Lo irónico de esta situación, era que en la sociedad comúnmente no se veía con buenos ojos que ocasíonalmente nos dieramos la libertad de jugar como lo hacen los niños, pues no se concebía la posibilidad de que las personas, siendo ya adultas, conviviéramos con el niño interior que cada uno llevaba, dejando que se manifestara espontáneamente. Era irónico también constatar que ese era precisa-mente uno de los tantos caminos recomendables para llegar a realizarse en la vida: crecer y desarrollarse como un adulto, sin matar al niño que convivía en nuestro interior, ya que desde ese niño surgían, en estado puro, la imaginación, la espontaneidad, la habilidad de jugar, la intuición y la posibilidad de llegar a romper el paradigma de nuestro programa social, ese que pretendía formarnos a su propia medida estable-ciendo límites definidos por una serie de otros límites, negándonos la posibilidad de llegar a descubrir nuestra verdadera esencia.

El personaje percibía que en el mundo se podían identificar claramente los siguientes grandes grupos de personas: los que crecían desligándose completamente del niño interior; los que tercamente se negaban a abandonarlo, negándose tambien a crecer como adultos, comportándose todo el tiempo como eternos adolescentes; y los que carecían de la capacidad de un adecuado control sobre ese niño, permitiéndole exabruptos en situaciones que requerían la madurez del adulto. "En esta vida te tenías o te tenían", reflexionaba el personaje. Y era precisamente de este último grupo del que se aprovechaban muchos movimientos políticos, religiosos y sociales para reclutar tempranamente a sus adeptos en pos de sus intereses ideológicos.

En la otra cara de la moneda estaban los que lograban armonizar su comportamiento encontrando un equilibrio entre el adulto y el niño, los que habían sabido manejar el poder de ese niño para llegar al exito: ¡El éxito del grupo musical The Beatles, por ejemplo, se debía en buena parte a su capacidad de cultivar esa habilidad! Como ellos, muchos de los que habían formado parte de esa generación, habían conservado viva la capacidad lúdica, siendo capaces de encontrar ese equilibrio entre la capacidad de no tomarse tan en serio muchas cosas de este loco mundo, y al mismo tiempo, hacerse responsables de si mismos respentando a quienes los rodeaban. Ahi estaba una de las tantas claves para adueñarse del control de la propia vida.

El personaje, ahora en su condición de testigo omnisciente, beneficiado por la posibilidad de perpetuar y acrecentar su nivel de consciencia, debe ahora atenerse obligatoriamente, por mandato superior, a reglas impuestas por una Ley Universal que prohibía estrictamente la intervención en los procesos evolutivos de aquellos que aun vivían en la Tierra, ya que estos debían llegar a ser capaces de aprender a evolucionar por si mismos a partir de las lecciones extraidas desde tu propios actos.

Ahora, ampliada su consciencia, pero trabado

por la imposibilidad de intervenir directamente con las personas, interfiriendo, advirtiendo o sugiriendo cualquier tipo de acción, comprueba, no sin dolor, la presencia de oscuros grupos de interés movidos por la codicia y la soberbia, castas milenarias de inspiración oscura que habían hereado en el tiempo conocimientos que les permitían develar y administrar el secreto del fenómeno existencial de buena parte de la humanidad y su eterna sensación de soledad: su "Talón de Aquiles" era aquel punto a través del cual accedían tentándolos a través de sus debilidades y la exacerbacion de sus habilidades, inflándoles el ego, aprovechándose de ellas para atraer adeptos tentados por el poder para administrar a masas que, confundidas por su doble condicion existencial, vivían sedientas de distracciones, de placer y fantasías, manipulándolas a través de los medios de comunicación, ofreciéndoles innumerables maneras de abstraerse de la realidad, alimentando aun mas ese vacío interno, haciéndolos cada vez mas adictos a buscar el placer de la eterna sensacion de poder sobre los demas, buscando vanamente poder llenar un vacio que el final resultaba ser insoportable. Pocos se atrevían a mirar, menos aun a tratar de entender o intentar salirse de este falso dilema, estado propicio para atraerlos hacia la oscuridad y tentarlos a sumarse a ella atraídos como polillas hacia la fatalidad de una bombilla quemante, atraídos por el brillo del exito fácil, tal como esa serpiente que insitó a los rebeldes a comer de aquel fruto prohibido, decisión que, también, por Ley Universal, debía ser adoptada por los propios incautos, jamás inducida directamente por terceros. Lo mismo valía hacia quienes habían sido capaces de encontrar finalmente una salida para superar esa angustia original: debían llegar a ser capaces de tomar la decisión y de resolver la situacion por si mismos.

Según va pasando el tiempo, nuestro personaje, conservando su condición de testigo omnisciente, va observando sucesivos ciclos de progreso tecnológico en la historia de la humanidad, constatando así que esta va desarrollando técnicas que le permiten ir mejorando la eficiencia en las comunicaciones, el procesamiento de datos, las soluciones digitales y la sofisticación de las entretenciones, pero ve que en la misma medida que crece esa sensación de progreso, se va perdiendo también, y de manera muy acelerada, la capacidad de la humanidad para mantenerse consciente y alerta. Mermado progresivamente el poder inmenso de los talentos y habilidades latentes acuñados desde los inicios de su evolución, como la intuición, el control sobre sus percepciones y su capacidad creativa, constata que hasta los niños, ahora enfermos crónicos de angustia e intolerancia, frente a la posibilidad de llegar a correr riesgos o frustraciones menores, de llegar "aburrirse", están dejando de ser niños!, fenómeno que termina por inhibir casí completamente su oportunidad de vivir y potenciar sus capacidades latentes para jugar, interactuar y socializar según se van desarrollando sus sentídos, y con ellos, sus habilidades y talentos naturales, pues la gran mayoría de ellos termina siendo autómata, cautivos de los aparatos electrónicos que saturan y arrebatan sus centros sensoriales y su potencial desarrollo de la consciencia superior, dejándolos sumidos en el automatismo y la inconsciencia.

De ahí en adelante ve caer sobre los hombros de la humanidad una suerte de pesada y ponzoñosa nube negra que termina por dominarla casí completamente hasta convertirla en un colectivo de zombies, seres carentes de voluntad propia, una casta de esclavos sumisos ahora funcional a los mandatos de sistemas que son controlados para adueñarse de sus precarias vidas.

La matriz productiva global, que antes surgiera a raíz del uso de la ingeniería y el desarrollo de tecnologías administradas por el Hombre, ahora comienza a depender casí exclusivamente de los medios, los sistemas digitales y de la inteligencia artificial.

La cosa fue aumentando exponencialmente en una espiral descendente que a nuestro personaje le recuerda a esos remolidos de agua, que atraidos por la gravedad, son succionados al sacar el tapón de una bañera, un fenómeno que termina generando lo que en física se denominaba "masa crítica", pero en este caso de inconsciencia que se alimenta de su propia inconsciencia, un fenómeno que cobra vida propia, una caída libre imposible de detener que termina vampirizando, salvo rarísimos casos, a cada humano existente en el planeta a la manera que operan en el espacio estelar los llamados "hoyos negros", fagocitando toda forma de energía.

III

Todo lo anterior ocurre hasta que un día, de la noche a la mañana, causado por un extraño fenómeno, se produce lo que los científicos mas tarde terminaron denominando como el gran "Black-out", la desconexión de la totalidad de los circuitos integrados en las redes interconectadas a través de ondas electro magnéticas transmitidas por el aire y a través del espacio, inutilizando la totalidad de los casí 2.500 satélites que entonces orbitaban la Tierra, y con ellos, sus propulsores de frenos, sistemas que si habitualmente eran activados cuando estos cumplían su período de obsolescencia para ser luego dirigidos a océanos inhabitados por el hombre, ahora, sin mediar intervención humana o electrónica, esos frenos se activan automáticamente en la totalidad de ellos, siendo atraídos sin control por la masa terraquea, precipitándose hacia las capas más densas de la atmosfera hasta ser reducidos a chatarra que se precipita en bolas de fuego ardiente hacia la superficie terrestre, cayendo en cualquier parte, muchos de ellos en ciudades densamente pobladas causando la muerte de miles de personas alrededor del mundo.

La crisis es terrible. La primera reacción de los

gobernantes de las naciones es atribuirse entre si la causa del desastre argumentando un sabotaje de los sistemas como paso previo a una invasíon planeada, pero ante la imposibilidad de activar las claves que activan los protocolos para detonar sus sistemas de defensa nuclear, o de cualquier tipo de mecanismo neceario para poder operarlos, verifican que el fenómeno afecta a dichos sistemas de defensa a nivel mundial, que por algún nuevo y extraño fenómeno, las ojivas nucleares y la totalidad de los sistemas eletrónicos han quedado tambien definitivamente inutilizados: la totalidad de los algoritmos, de todos los sistemas operativos son incapaces de efectuar cualquier tipo de operación o de reconocerse entre si, quedando convertidos en chatarra electrónica y en un caos digital, reducidos a lamentables y patéticos garabatos alfanuméricos indesifrables, quedando por lo tanto, inutilizadas las vias de comunicación marítima y aerea, lo que rápidamente deriva en una crisis generalizada por la falta de suministros, de combustibles y de bienes esenciales de todo tipo.

El caos social reina en la faz de la Tierra forzando a las naciones a aprovisionarse a cualquier costo, así sea necesario apropiándose por la fuerza de los bienes de paises vecinos. Pero ahora, a falta de los medios que antes disuadieran a las naciones a mantener la paz y a negociar utilizando la amenaza latente de extinsiones de poblaciones a gran escala, cortando suministros energéticos, o destruyendo infraestructuras e industrias estrátegicas, las guerras se desarrollan improvisando la utilización de métodos similares a los utilizados durante la Segunda Guerra Mundial, provocando millones de muertes. Agotados los medios mecánicos y balísticos, la rabia colectiva se abre paso a través del enfrentamiento cuerpo a cuerpo, a la manera brutal utilizada durante los tiempos mediavales, lo que deriva en una verdadera carnicería y en extensos campos cubiertos de cuerpos en descomposición. Luego siguen las revoluciones y las guerras civiles protagonizadas por movimientos de masas que, azuzadas por el hambre y las enferme-dades, enardecidas exigen alimentos, medicinas y provisión de suministros básicos que hace rato han dejado de producirse debido a la falta de combus-tibles, de las partes electrónicas y mecánicas que antes mantuvieran en funcionamiento la producción y el abastecimiento de innumerables bienes.

Aprovechándose de la grave crisis, autoridades y funcionarios de diversos gobiernos - ostentando vanamente el uso de derechos de autoridad otorgada por un mandato democrático hace rato inexistente - buscan mantener, y a cualquier costo, sus viejos privilegios. Es así como, movidos por el oportunismo, tratan desesperados de mantener su poder sobre el control de lo público, procurando aumentar aún más los impuestos, intentando distraer momentaneamente a la población con la creación artificial de conflictos bélicos con el propósito de echar mano a las reservas en oro y de justificar el uso de recursos de emergencia, aumentar la mano de obra a bajo costo y la creación de instituciones que financien a los Estados en una desenfrenada carrera armamentista, medida que resulta en un fiasco, ya que la gente, ahora completamente liberada de los medios que antes les inocularan información en versiones plagadas de falsedades y de contradicciones, pronto reacciona, y lo hace tal y como sucediera durante el siglo XVIII, durante la Revolución Francesa, linchando a todo aquel que osara asomar la nariz pretendiendo ofrecer sus viejas utopías y soluciones basadas en beneficios imposibles de cumplir.

El miedo y el hambre son cosa viva. El caos generalizado termina resultando en una nueva gran merma que significa casí la mitad de la población mundial.

Agotadas ya las fuerzas para la guerra entre naciones que ahora han dejado de priorozar la mantención y defensa de sus viejos límites, en una suerte de retirada general, las actividades territoriales se enfocan exclusivamente en el bienestar y la preservación de las poblaciones locales y las tierras fértiles, en el bienestar de las familias y la producción de bienes esenciales, pero pronto llega la contaminación de las aguas, las pestes, las enfermedades, el saqueo y el vandalismo generalizado, frente a los cuales los mismos habitantes toman en sus manos el control de la administración de la Justicia linchando en el lugar de los hechos a quienes traten de romper el orden necesario para poder llegar a vivir en paz, medida que se prolonga por varios años hasta que finalmente, ya agotadas las fuerzas, la incertidumbre y la ira, terminan primando las necesidades domésticas.

Y es cuando surgen soluciones olvidadas en el tiempo, recetas antiguas practicadas por los ancestros y resultados de investigaciones efectuadas por afama-dos medicos de medicina alternativa tempranamente censurados por el negocio a gran escala de los laboratorios. Es así como se recuperan conocimientos y métodos de curación casera al alcance de la mano de todos. Una vez más en nuestra historia serán las madres las llamadas a poner el cable a tierra en bien de la preservación de las familias y de nuestra especie. "A nuestros niños no los tocan", declaran.

Llegan finalmente los tiempos de la ansiada paz. Si antes fueran algunas cúpulas movidas por la soberbia las que reclamaran el control global centralizado ostentando la supremacía de unas razas a costa de otras, ahora ese poder está en aquellos individuos – y muy especialmente los inspirados en las premisas que sustentaran el pensamiento aristotélico – los verdaderamente capaces de trabajar haciendo uso de la educación, la capacitación, la experiencia y la razón, creando e ideando maneras de optimizar esfuerzos comunes, la formacion y la educación integral, la asociación comercial basada en inter-cambios de conocimientos, especies y la producción de alimentos.

IV

Tras un par de décadas, comienzan a materializarse las condiciones para un clima social apto para la comunicación, la reconciliación y la formación de grupos que han logrado un equilibrio social que les permite llegar a ser autosuficientes y verdaderamente sustentanbles, clima también útil para aquellos que tienen la oportunidad de intentar analizar las causas del Black-out que terminara por cambiar por la fuerza el pesado paradigma que arrastrara a la humanidad desde la Era Industrial en adelante. Surgen, entre aquellos con mas aptitudes intelectuales, teorías de todo tipo que buscan darle explicación al fenómeno, pero a falta de pruebas fehacientes, pero muchas de ellas terminan finalmente por desecharse: unos lo atribuyen a la acción divina; otros a los extraterrestres; otros a la pretensión y a la egolatría imprudente de la ciencia y sus experimentos; y otros a la misma falta de consciencia generalizada que termina sometiendo a la humanidad. Por mas intentos que se hacen no hay forma de anular, revertir dicho fenómeno, de reestablecer, reactivar o inventar nuevas formas de comunicación más allá de las posibilidades que se habían logrado hasta fines del siglo XIX, restringiéndolas exclusivamente a comunicaciones locales y sólo a través de las redes alámbricas. Algo ha dejado de funcionar e impide que opere la electrónica de mediana complejidad. Un grupo de científicos llega a plantear una teoría en la que se postula que el mismo planeta, en una suerte de complicidad con fuerzas cósmicas, ha buscado defenderse de la destrucción provocada por el Hombre, ya peligrosamente cercano a su colapso, que siendo nuestro planeta un Ser vivo, en complicidad y patrocinio con esas energías, ha terminado por desactivar combinaciones específicas en la cadena de reacciones de ciertos fenómenos electro químicos, provocando reacciones electro-magnéticas que han variando el comportamiento en el nucleo de ciertos elementos, instalando permanente-mente un escudo protector en torno a la Tierra que impide el acceso de ondas que estaban peligrosamente cerca de anular los centros superiores de la cadena del genoma humano. Concordando con esta hipótesis, corrientes espirituales postulan la intervención de seres de otros mundos operando desde otras dimen-siones, una teoría que establece a la especie humana como poseedora de una chispa divina y parte fundamental de la cadena cósmica para mantención y desarrollo de la Tierra como planeta y de los sistemas estelares en los que navega en el tiempo, configura-ciones genéticas excepcionales que serían fundamen-tales para la mantención de la armonía, la cohesión y el equilibro exigido por leyes superiores del Universo.

¡La esencia Divina del ser humano, ahora protegida por dichos seres, no podía ser sacrificada!

El Black-out permite que queden funcionando solamente artefactos energizados por la electricidad, sólo aquellos que se habían desarrollado en el transcurso del siglo XIX, incluidos los medios de comunicación a través de las redes alámbricas y por onda corta, operados a través de la utilización de tubos al vacio o transistores.

¡Tecnológicamente, en tiempo cósmico, nuestro mundo ha retrocedido, de un minuto a otro, a los tiempos de Gilbert, Franklin, Galvani, Volta, Coulomb, Ampere, Ohm, Farady y Maxwell! El resto de las investigaciones y descubrimientos que antes, gracias a la Física, daban cuenta de tecnologías mas avanzadas, especialmente las relacionadas con la energía atómica, quedan totalmente inutilizadas, muertas, confinadas a las Bibliotecas, pues pasan a formar parte de la sección "Ficción e Historia", como parte del arsenal de teorías y Tesis académicas de los centros universitarios. De ahí en adelante se instala en el ambiente cultural la idea de un eslabón perdido, un gran acertijo sin solución posible, casí una broma de los Dioses que ni las mentes mas brillantes serán capaces de resolver.

En términos geopolíticos, la gran trama del organigrama de la vida urbana y las vias terrestres a nivel mundial presentan ahora una configuración completamente diferente: los grandes complejos urbanos, ahora casí completamente desahabitados, quedan convertidos en grandes depósitos de chatarras y, tal y como antes lo predijieran viejos autores de novelas de ciencia ficción, quedan habitados exclu-sivamente por animales salvajes y seres primitivos, Sapiens que han retrocedido varios peldaños en la escala evolutiva subsistiendo gracias a la depredación, en un caos de laberintos y trampas mortales de escombros y una espesa selva de malezas y pantanos convertidos en cotos de caza. Quien entra alli, no sale.

El renacer de las sociedades ha tenido su costo. Tras varias decadas de haber abandonado los complejos urbanos, las poblaciones humanas, siempre debidamente protegidas por fuertes cordones forti-ficados, expanden sus territorios hacia campos abiertos convirtiéndolos en extensas áreas de sembradío y de cría de animales domésticos, asumiendo las consecuencias manifestadas en las amenazas constantes de parte de quienes han quedado atrás o han sido condenados al exilio, pero tambien de quienes tramposamente, desde el interior y ampa-rados por el anonimato y la falsa imagen, buscan aprovecharse permanentemente de la situación nego-ciando secretamente el contrabando del fruto del trabajo honesto y manteniendo un clima de tensión alimentado por la constante amenaza externa funcional al clima de incertidumbre del cual se alimenta.

El tiempo y la Naturaleza todo lo curan. Tal como sucede en los ciclos de renovacion de los las especiales y los minerales que habitan en los oceanos, en la tierra tambien se suceden permanetemente ciclos de renovacion que dan cuenta de un modo natural de limpieza, de renovacion y regeneración, pues segun van pasando los años, todos aquellos que no fueron capaces de sumarse a la gran cadena de la evolución, son fagocitados por los elementos llegando a formar parte de los alimentos que la vida require para su cumplir su misión eterna de creación. *"No hay deuda que no se pague ni plazo que no se cumpla"*, versa el dicho.

No obstante lo sucedido aqui y a pesar de todos los problemas relatados, termina aconteciendo en este cuento, pero de un modo completamente diferente, lo mismo que algunos en otro tiempo pretendieran forzar a traves de métodos químicos, buscando forzar como resultado un gran reseteo mundial en el que la humanidad lograra finalmente un equilibrio en la carga de habitants. Pero en esta ocasión se autoregula la ocupación del suelo planetario a través de una selección natural de la especie, sin tener que emigrar a otros mundos, pues nuestra casa estelar, desde siempre, había sido esta.

V

Nuestro personaje va notando cómo las perso-nas comienzan a reactivarse y a recuperar sus facultades mentales, y con ellas, su libertad. Los niños han vuelto a practicar deportes y a jugar al aire libre con otros niños; los adolescentes dejan de ver en las drogas una oportunidad de escape, pues el de ahora es un mundo en el que quieren participar y aportar, siendo incluidos en debates e iniciativas respaldadas por acciones coherentes y por el ejemplo efectivo de los adultos; jóvenes y adultos ahora se reúnen para competir sanamente a través del deporte, la música y diversas artes, para conversar y aportar sus capaci-dades por el bien común; el narcotráfico, fuertemente penalizado, ha perdido ya a una clientela, ahora libre de su dependencia, que rechaza la opción de abstraerse de un medio que regenera y oxigena sus cerebros, liberados ya de la intoxicación electro magnética, de distracción banal, de información chatarra y de las que en tiempos pasados fueran las redes sociales, reactivando así la sana curiosidad frente a las maravillas que hoy les presenta una naturaleza totalmente recuperada; se recupera la prác-tica del sembradío estacional libre de manipulaciones transgénicas. Ahora la tierra, sin abonos y pesticidas químicos, ha reestablecido y recuperado su equilibrio aportando ricamente sus minerales y sus nutrientes; los adultos mayores y los ancianos son escuchados e incluidos en la enseñanza basada en la experiencia práctica y la instrucción de los oficios, como la carpintería, la electricidad, la plomería, la mecánica, el arte, la música, la filosofía, el deporte, la botánica y la historia, entre muchos otros. Ahora los ancianos forman parte de Consejos Locales que asesoran regularmente a aquellos que administran el bien común; el comercio, ahora regulado por el trueque y la libre competencia, se focaliza en los usos y costumbres según lo demandan las tradiciones locales y el valor aportado por sus propias historias, afianzando así la soberanía de los territorios a través del valor respaldado por sus monedas tradicionales; se condena severamente y se erradica la práctica de la usura; desaparecen organismos internacionales que en otro tiempo buscaron el control global por la fuerza y la supremacía de unas razas sobre otras; la educación se centra en el conocimiento práctico, el desarrollo y el potencial de los talentos naturales.

En su condición onmipresente, nuestro personaje va siendo testigo de los cambios que ha venido experimentando la humanidad, y con ellos, la recuperación de buena parte de la flora y la fauna del planeta. Especies que se creían extintas ahora resurgen recuperando el equilibrio de sus poblaciones. La gente redescubre la lectura de los y reaparecen con fuerza las escuelas filosóficas, especialmente las inspiradas en el Estoicismo, desde donde se rescatan, por ejemplo, las siguientes declaraciones del gran filósofo Epíteto: *"La mayor parte de la gente tiende a engañarse a sí misma pensando que la libertad consiste en hacer lo que te hace sentir bien o lo que favorece el bienestar y la tranquilidad. Lo cierto es que quien subordina la razón a la sensación del momento, de hecho es esclavo de sus deseos y aversiones. Está mal preparado para actuar con eficacia y nobleza cuando se presentan desafíos inesperados, cosa que invariablemente sucede"*.

Sin embargo la raza humana, así como ha conservado en si misma el estado latente de su naturaleza divina, conserva también, y al mismo tiempo, su naturaleza animal, esa que permanece en el tiempo ladinamente parapetada y fuertemente protegida en aquel rincón mas profundo de la masa encefálica bajo el nombre de palio cortex, o cerebro reptil, buscando siempre primar sobre el sistema límbico y el neocortex, valiéndose para ello de los antiguos instintos que mantienen siempre latente el impulso de pelear, arrebatar, matar, castigar, arrancar y saquear, características propias de los primates, buscando siempre provocar en la población situaciones que despierten, alimenten y exacerben los sentimientos de envidia, resentimiento, depravación, codicia y degradación, siempre a costa del desarrollo de la consciencia y en aras de la ambición presente en egos celosa e hipócritamente camuflados tras una cortina del falso altruismo, haciendo que muchos, aparentemente buenos, seducidos por la ambición, aniden inconscientemente el cultivo del virus de la competencia destructiva, y que otros tantos, aparente-mente malos, en realidad no resulten serlo. Así es como la humanidad conserva su esencia ambivalente como un mecanismo de selección natural de la especie que la lleva a mantener la tensión entre su potencial crecimiento y su potencial auto destrucción, incenti-vando a unos a trabajar en el aprendizaje consciente a través del esfuerzo premiado por el mérito, y a otros a vampirizar el esfuerzo de los primeros.

A pesar de lo sucedido, reflexiona nuestro personaje, en la eterna lucha existencial, siempre será la luz la que termine dándole existencia a la sombra y siempre será la sombra la que viva a costa de la luz, nunca al revés. La luz se basta a si misma y es ella la poseedora eterna de la energía vital, la que da vida a la vida. Y respecto a aquellos que aun cargaban en los hombros de la humanidad la responsabilidad y la culpa por la temida extinción del Hombre, sumada a la pesada carga de la vieja creencia popular a terminar siendo también responsables de la destrucción del planeta, bien se podía decir que estas no eran mas que presunciones nacidas de la falsa pretensión de superioridad del Hombre por sobre la Naturaleza, mitos que anidaban en egos que se arrogan un poder que iría mucho mas allá de sus existencias, pues esa decisión, en verdad, formaba parte de un plan cósmico que los trascendía con creces, tal como la presunción de aquella hormiga que se arrogaba la propiedad, dominio, control y conocimiento sobre los montes que diariamente escalaba con esfuerzo, cuando estos en verdad resultaban ser sólo los pliegues de la piel del lomo del elefante que la transportaba.

Al final, el personaje llega a la conclusión de que si bien la especie humana, como colectivo, bien podía llegar a requerir de un fuerte tratamiento de shock general inducido a través de un Black-out que terminara por sacudirlo y despertarlo, para que desde el trauma fuese capaz de contrastar y apreciar el valor de su tremendo despilfarro, también ese shock - en este cuento producido por un repentino Black-out - se podía provocar de otro modo, individualmente, desde un "White-in", un término que podía ser la otra cara del Black-out, un "blanqueo interno", un shock auto provocado a nivel personal que lo desconectara temporalmente del colectivo humano y de la contaminación electromagnética cargada de direc-trices subconscientes que anulaban e inhibían las facultades superiores de su consciencia. Así, la posible evolución individual era posible gracias a la autodeterminacion, a una suerte de "Golpe de Estado" auto proclamado, a una rebelión personal pacífica por la autodeterminación y la libertad que propiciaba el desarrollo de la consciencia superior.

No eran necesarias, entonces, las revoluciones que llamaban al colectivo a desbaratarlo todo en el nombre de la refundación de las sociedades, menos aun si estos llamados revolucionarios nunca estuvieron dispuestos, por ignorancia, ambición o maldad, a definir los términos para su consecución, basados todos en un destino final fundado en utopías.

VI

Esta era entonces la soledad inicial en la que se encontraba el personaje de este cuento, y era la soledad de la gran mayoría de los habitantes que habitahan en esta Tierra, condición de la que pocos se enteraban y que terminaban cubriendo bajo el manto de la bana ilusión de un libre albedrío en un mundo que a diario se nos presentaba, que no era mas que una venta que reforzaba ilusiones que perpetúaban mecanismos que nos hacían creer todo el tiempo que las cosas eran como eran y que nuestros éxitos no se debían a nosotros mismos, que nuestros fracasos se debían siempre a la voluntad de quienes nos explotaban - lo que en muchos casos podia ser así - ya que, en gran medida, esos mecanismos eran los que manipulaban nuestras vidas según sus propios intereses.

El "White-in" planteado por este personaje era un método con el que podíamos llegar a ser capaces de auto provocarnos una suerte de crisis interna que nos permitía salirnos temporalmente del ajetreo que mantenía a las sociedades atrapadas por una demanda externa, cambiándola por demandas internas que determinaran las propias personas para si mismas. El White-in resultaba de haber cultivado el hábito de nuestra capacidad de detenernos, de parar y mirar, de renunciar temporalmente a aquello que diariamente reforzaba la falsa idea que tenemos sobre nosotros mismos y del mundo que nos rodeaba.

VII

Nada es eterno, todo se transforma.

El personaje de nuestro cuento tampoco se escapó a esta regla. Finalmente, demandado por el Cosmos, reencarnó físicamente y lo hace tal como lo hiciera en su vida anterior, una noche de primavera del més de octubre, tras un procedimiento de cesarea determinado urgentemente por el peligro de morir estrangulado por su propio cordón umbilical, luego de haber sobrevivido a una operación a tajo abierto practicada al vientre de su madre

Muchos años después, ya adulto y movido por la curiosidad y la obseción por la verdad, movido por su afan por resolver los "por qué" de la vida, decide describir los hechos que en algún momento de su vida ficcionó en fantasías para el feliz destino de la humanidad y los que determinaron las causas de ese trauma existencial de soledad vivido durante esa primera vida. Su tesis se basó precisamente en el terror que debió haber experimentado ante la amenaza de muerte por estrangulamiento mientras aun se encontraba flotando en ese tibio líquido amniótico, amenazado probablemente por ese cordón umbilical y por el bisturí que irrumpió violentamente asomando un filo que desgarró el vientre de una madre en ese momento inconsciente debido a la anestesia.

¿Alguien allá afuera que previera las consecucncias de esa violenta irrupcion? Nadie tenía la respuesta: en esos momentos se jugó la vida por la vida, así fuera a costa de la vida de la madre o de una criatura hasta ese momento sin nombre.

Visto de esta manera, la soledad existencial de nuestro personaje probablemente haya nacido del terror que sintiera cada vez que se viera expuesto a mostrarse, a osar salir a la luz y presentarse, optando, en cambio, por parapetarse en un mundo de imaginería personal que le permitiera zafarse de cualquier posibilidad de riesgo. Arriesgarse a nacer, o quedar expuesto al éxito, resultaba ser peligroso.

Fin

Comentario Final

¿No son acaso los sueños y la imaginación - esa que llaman "loca de la casa" - los que finalmente han resultado ser, y en no pocos casos, los grandes parteros de los pensamientos que han oxigenado al mundo a través de ideas que en algún momento fueron injustamente archivadas en la sección de las locuras?

No por nada, un tercio de nuestra vida está destinado a dormir y a soñar.

Bibliografía

MANUAL DE VIDA Epicteto (35 d.C - 135 d.C.
Versión de Sharon Lebel (pag 35) ED Grupo
Editorial Norma